
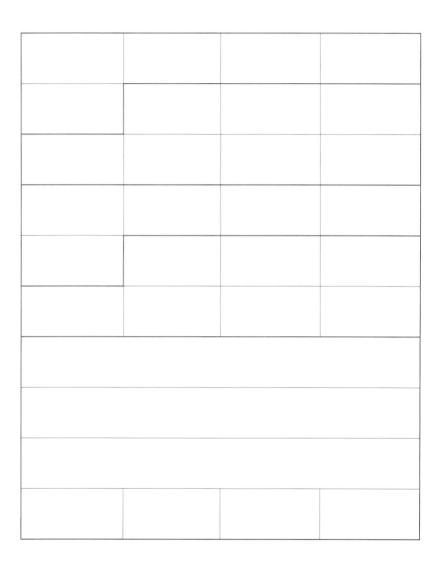

標準時／佐クマサトシ

目次

Ⅰ

Ⅱ

I

標準時

真夜中にアナウンサーが喋るからそれを流して過ごす真夜中

僕たちの恋の終わりや始まりのまさにその瞬間にＣＭ

窓越しに窓が見えてる　わりと繊細な人なのかもしれないね

霧雨の向こうに西は見えていてアナログテレビは終了します

バスタオルきれいにたたむ　空港に住所があるのを認められない

私から自己紹介をしますから主語を補い聞いてください

盤上の駒を正しい位置に置き、それから先のことは知らない

とび出ないように袋を開けながら誇張されたものまねを見て笑う

知っている挨拶のうちいくつかは誰にも言ったことがなくって

アドレスを交換すべく携帯を近づけている　4秒くらい

東京にいながらにしてパリにいる気分を味わって帰り道

百円のシャカシャカチキンをシャカシャカし夜のマックに響くシャカシャカ

ここが2階だと思ったら入口が2階で明日は午後から曇り

案内を見ればだいたい分かるのでいま着信があった気がする

AならばBでありかつBならばAであるとき　あれは彗星？

燃えるような愛を歌ったシャンソンが大きな字幕で流れています

そういったことを気にする人たちに慎まれている私語　聞こえない

自分で決めたはずの予定の矢印がまたぐ手帳の9月10月

実在の人物・団体・事件とは関係のないことを話した

炭酸が入ってるけど水　前に座った女の子の肩を見る

食べ終えたプリングルスの筒だけがそびえて行ったことのない街

曖昧な言葉を使う政治家の伝記映画がわりと面白い

陽に焼けた地図のどこかが国境で息がきれいになるガムを噛む

この部屋にあなたのいない朝夕の二回に分けてお飲みください

工場でライン生産されているものを鞄の中に詰めこむ

外国の言葉で僕は飛行機が遅れている理由を聞いていた

水玉のジャンボジェットに飛び乗って標準時から遠いどこかへ

(GMT +09:00) Tokyo

時差ボケになったら何をしようかと考えながら顔を洗った

あきらめてすこし寝るからそのあとにあなたの好きな曲を流して

では25小節目の頭から日付は変わって木曜日です

接近はするがしかし重ならない

それは二十世紀を通じての潮流でしたがまもなく離陸いたします

差し込んだ光で起きる　街じゅうにスモール・オフィス・ホーム・オフィス

問い合わせが殺到したという曲を僕だって何回も聞いていた

今ではもう、あなたは横断的に語ることができるし、理解することもできる

ダンスとダンス以外のおよそ中間で動く人々であふれる街だ

居酒屋の名前が駄洒落になっていて信号が変わるまでその話

2．で「はい」と答えた方にお聞きします。いいえと答えたのでとばします

セーターを着ればそこから明日までに20センチに達するでしょう

プランターばかり並んでいる道のもう少しで着くから待っててね

テーブルの隅のグラスを内側に寄せてもう一度聞き返す

「変な話なんだけど、」と切り出しながらチーズケーキに沈むフォークは

さっきからグラスの氷が溶け出して薄まってゆく朝焼けだった

最後までお聞きの方に耳よりの小さな夜の室内楽を

形から入ってゆこうとする僕の前髪だけが切りはなされる

Googleのロゴで初めて名前を知った科学者だがその業績は素晴らしい

現代のこの街が舞台のアニメには行ったことのある駅も出てくる

昔より今は長生き　TSUTAYAにはソープ・オペラの棚が一列

窓口の人に対応されたあと窓口に背を向けて離れる

趣味の違う人の話を聞きながらときどき窓の外を見ながら

気が立って噛んでしまった口承の神話、演説、落語、光学

あらかじめ決められているような味のカップスープを作る　夜中に

バスの中で夢を見たけどあまりにも展開が速すぎて忘れた

まったくこんな朝に芸術は応用されて私たちの生活を彩る

浴槽はお湯をたたえて私たち一人一人の心の中にラブ・コメディ

僕は幾度となくそれを誤記して、訂正して、お詫びします。

風も吹く

そう、その日のローソンはひどく凪いでいて、僕は朝を手にレジへ向かった

犬のほうがグルミットだよ　マグカップからずいぶんと湯気が出ている

そういう考え方もあると思うし否定はしないけど葱も買う

右に君、左に知らない人がいて、知らない人の読んでいる本

晩年は神秘主義へと陥った僕のほうから伝えておくね

solution

もうこれを正解として平日にしては混んでいるコーヒー・ショップ

もう春の半ばになって彼女には何か理由があると思った

当時の風俗を今に伝える展示室の入口も出口も同じドアで

そんなに簡単な話ではなく久しぶりに食べる鯛焼きに甘い餡

1クールで終わってしまったいくつかの、あれを文化と呼ぼうと思う

段々と忘れていくしファインダーを覗くと少しだけ広い視野

前に来た時にはもっと空いていたような気がする、寒かったから

蛇口ひねれば蛇口から出る水の音　それをコップで受けとめる音

５分しか経ってなかった　いま会いたい人何人か思い浮かべる

街じゅうの換気扇が回る　フェティッシュな写真を見ていたが飽きてくる

食卓に出したままの皿を片付けるというようなことの繰り返し

果肉が詰まらないよう太くなったストロー　もうずっと野原に行ってない

語られた話について語り合う僕らの間に生けてある花

席を立つときそのままでいいですと言われた　春の花瓶の横で

風下のほうであなたを見送ってぜんざい、白玉のやつがいい

ドライヤーをかけている間は何ひとつ聞こえないので髪を乾かす

2階から2階へと向かう連絡通路の途中で少し立ち止まっている

分かることも分からないことも同じくらい　ピクトグラムを探して歩く

しばしば政治的・社会的なテーマについて皆様どうぞご着席下さい

イヤホンで電話している人を見る　カーブミラーに肩をぶつける

東向きの部屋で眺める美術書のすべての名詞に子音や母音

二十時間くらい誰とも喋っておらずシャワーの温度は少し高めにする

反省会で反省点を述べている　朝自分で選んだ服を着て

以上が私の意見ですのでどうぞ声に出してお聞きください

もう誰も聞こえないくらいのsin波　いま僕の向くこちら側が前

これまでに多くの人が座った椅子に座って同じくらい生きている人と笑う

東京の坂光りつつ十月の自分を動物にたとえると?

70年代のコマーシャル・フィルムを見て一体何を思い出せというのか

口に出して言うということ　洞窟の壁画あるいは茶室のことを

外に出ると随分寒くなっていて、いや初めてじゃないはずなのに

still / scape

空港のそばにいるからペルーとか、普段は遠いところが近い

空の瓶があってそれをかっこいいと思うさっきまでいた建物の前で

広告が車体を覆っているバスが右折していく、いま、目で追う

油彩画の画面の中に梨がある　これ以上言うことができない

スレタイで笑った後で区役所の支所に証明書を取りにいく

それはよくある質問だ繰り返し変奏される主題のようだ

空調の直接当たる席にいて全くその通りだと感じる

戦前から続く洋菓子店の壁　近づいて装飾を見ている

飛ぶものと飛ばないものに分けていき飛ばないものにシールを貼った

ウッドデッキを歩いた時の音　一度考えて、そのままにしていたこと

さらにラジカルに何もしない

今っぽい　普通のことが今っぽい　誰もいない公園の入口

畳まずに丸めて置いてある布のあまりにも複雑すぎている

あるあるの中でもとてもあるあるほうのあるあるなので笑ってしまう

音楽を聴いているとき音楽は止まらないのに電車は止まる

慌てている私のために都心にはサービス、様々なサービス

150年ほど前に描かれた（いま見てる）風景画の中のクルミの木

真っ白な食器を新聞紙で包む　新聞紙に貨物船の写真

始まってから来た人も少しいてその人たちが開けるドアの音

僕には必要のない封筒の中身が開けづらくハサミまで使う

火曜日に彼女に会うので火曜日を結んだ線で輪郭を描く

月面の窪みはクレーターと呼ばれ、千年後、私が袖を通す真新しいシャツ

真夜中に目が覚める／外で風が吹く／風は部屋には入ってこない

邪魔なので箱にしまった　その箱を邪魔にならないところに置いた

ネット・カフェの屋上を朝霧が濡らす　ある人は細胞に喩える

自分が着た服を機械に洗わせて先月のこと考えている

やがて家が建つのであろう土地に鳥　私が葉書を出した帰りに

祝われる理由があって祝われている人と同じゲームで遊ぶ

遠くから見ると四角い建物であなたが待っている　そこに行く

Ⅱ

vignette

初級をクリアして次は中級へ　中級は最初は難しい

地下鉄に揺られてててまだ部屋の中にいるみたいずっとそうみたい

薬

薬という薬局の看板光っている　それを避ける

ギャンブルをしない僕らが決めているひとつひとつの動きの名前

川を見てほどなくしてその必要はないという結論に至る

悪い魔女の出てくる絵本が置いてある待合室でお茶をもらった

稜線がはっきり見えてうつくしいポルノばかりのインターネット

クリスマス・ソングが好きだ　クリスマス・ソングが好きだというのは嘘だ

ニュースは存在しない　トランクの中を一度も見たことがない

セックスを何かに喩えセックスに何かを喩えながら笑った

もう死んでしまった鳩が横たわり肯定的に描かれている

私はこれまでに流れ星を見たことがあるような気がします

内容だけのものが動いている

ぷよぷよが上手な人の中にある抽象的なぷよぷよのこと

質問に質問で返してもよいと言われ保険に加入して良かったと思う

マインドフルネスについて調べているあいだにブロッコリーを茹ですぎる　森を想う

疲れてる愛してる疲れてる重なっているケーキ横から見ている

何もしたくない一見ストレートのようだがスプリットという速くて落ちる球

複数のことが同時に起きている　水田沿いに走る県道

花を買って誰かにあげたい　わたしは　地下通路で駅とつながっている

コストコで買ったハイチュウ多すぎる　難しいこと考えすぎる

遊んでいるようにしか見えませんが、決して遊んでいるわけではないのです

愛と画像。段ボール箱開けるとき使う力が私から出る

決闘で死んだ作家の小説の書き出しに似た手紙が届く

すべての可塑的な者たちに告ぐ

本当に大事なものはいつだって名前　それが二つある犬

何の薬か分からない薬が出てきて胃薬ではないかと予想する

脱毛サロンの広告がソーシャルゲームの広告に切り替わりその間はどちらでもないのだ

飛行機がなんで飛ぶのか分からないみたいな話みたいな話

難しい言い訳みたく雨のあとのシラサギの羽すこし汚れて

ミュージカルについてあまり悪く言わなかったことが結果的にプラスに働いた

ゲームとは四角い箱の中だけで矢印のほうつい見てしまう

エチケットが大事であとは大事じゃない　女性の名前のウエハース菓子

あなたはユリの絵を描こうと言って描いた　それは素晴らしいことだと思う

それ違う映画と混ざってない？　それも映画じゃなくて恐竜じゃない？

プリペイドカードに少し残っててそれがずっと引っかかっているんだ

むにゃむにゃもう食べられないって声がする私がアニメを観ているせいで

コンビニはさらに小さなコンビニに分割できる　納得できる

いつも大荷物の人がいつも寒い街の話をするその街の料理

健康食品ってだいたい嘘だからねここは柔らかい印象を与えたいよね

芝生を育てていますと書いてあり入ってはいけないところに射す陽

ドクターペッパーっておいしいの？　その時あなたはどのように感じましたか？

長い間工事していて今日もまだ工事していて不便だな　行く

ＰＫでもらった点を守りきる　サッポロポテトに途中で飽きる

牛乳をそそげば白い牛乳の中で創世記の冒頭は

自分でも思っていないことを言う　それはスポーツにひどく似ている

ビー・プラウド・オブ・セブンプレミアム　暗号のようで単なる信号なのだ

オルガンの音色の音色の冗長な冗長な讃美歌ありがたく

洗練された詐欺の手口が日曜日、河原で野球をする子供たち

YouTubeばかり見てても大丈夫あのハマナスの実落ちるまでは

市民菜園で育つ病気に強い品種　画家の生涯で最も多産な時期に

世界中の壮観な新しい11の橋という意味の見出しをクリックして　Webサイトを見る　英語の

ただ言葉は老いて西へ

盗作の話題が忘れられてゆく夜にゾロ目が三回続く

病院の待合室で見るワイドショーが一番ワイドショーだね

拷問の描写できれば見たくない　ウェットティッシュってすぐ乾く

紙コップ機械に入れて理解するブレンドコーヒー　レギュラー　ホット

キジバトとハトが並んでいることの並んでいるということのこと

たまにしか公開されない仏像が公開された後され終わる

言い淀む演技が自然　本当に言い淀んでるみたいに見える

訳しすぎの詞でもいいから　犯人が分かった後も死んでいいから

伯父　手に入りにくい場合は似たような他の野菜で代用できます

自転車が象徴的な意味を持ちその自転車が２回倒れる

パスワード打ち込む指が触れている画面の火星に生命はいる？

法律はうまくやったら変えられる　箱から出してすぐに使える

人のために何かするって大切な家宝の壺を割ってしまった

空襲と空襲の間に空襲のない時期がありどう？この帽子

もう君の頭の中の森にいる鹿がつついていている枝の色

2年後に米寿を控え米寿ってこういう感じなんだと思う

遠い遠い町の名のダリア　はじめから　つづきから

slice of

やったことないゲームやっている様子やっている気持ちで見る

ミッフィーと目が合ったけどミッフィーは目が合ったとか思ってないな

一つだけ例を挙げればヒロインがアンドロイドのポルノ・コミック

駆けていく猫はわたしの認識の外に向かって駆けていくのだ

時計　私から遠いところにあって針が示す2と3の間

調子のいい時と悪い時がある　お菓子をもらってお菓子をもらう

数独を解いてる人が数独に数字を入れる　魔法みたいに

すれ違う人のコートの印象の次第に薄れていくキャメル色

市が管理している広場　銅像の中身はたぶん空洞だろう

パソコンの画面の中でひらがながカタカナになる　風の強い日

この通話は録音されています。樹形図にすべての可能性

戦争に使う言葉を比喩として使えば夜の高速道路

いくつかの検索の末似たような制度が乱立してると分かる

手芸店のビーズの種類さまざまに小説家の些細なエピソード

ショッピング・モールの吹き抜けうつくしく私が私を思い出すまで

世界史をまだらに覚えている　床に小さく畳んだビニール袋

物語を要約すれば手元にはたった二つのチーズバーガー

間違って撮ってしまったスクリーン・ショットに政局の一場面

1フロアにだけ灯りがついていて灯りの中の人の複数

横になるときに心が横になる　現実のなかで老いてゆく亀

スモール・スキップ

占いを信じるときに占いは信じられてる　銀行を出る

自分もいつかそうなるかもしれないニュースがやっていて続いてはスポーツ

仮想敵がいるんだろうなって口ぶりにしては美味しすぎるビスケット

パブリック・アートが雨に濡れている　結婚というひとつのアイデア

不動産の価格しずかに上下する　呼吸するとき胸がふくらむ

読むことは触ることだろう　テーブルの上の食器の上の湯豆腐

まるで食欲がない時のスーパーみたいに　何が　何がだろうね　ね

人にみな脳があること　双子用ベビーカーが越える小さな段差

ＡＩが変える未来の看板の変える未来の下を通った

権力はこのようにして打ち上げたフライをレフトは取り逃がすのだ

夢の中で証明された数学の、その灰色の夢の終わりぎわ

返答を思いつかずに冷めていくホットミルクに口をつけずに

近景に墓地、遠景にタワーマンション　単語が徐々に文章になる

劇中劇の出てくる劇の劇中で歌われていた歌を歌った

リトグラフはエディション15/50　少し前の知らない港町が描かれた

グリーティング・カードの凝った紙細工　PEACEって書いてあってそう思う

誤解された気がするけれどあえて言うほどのことでもなく池に蓮

ヨガの映像みたいな映像だな　音楽も　ヨガの映像ではないけれど

ファイルへのアクセス権がありません。分譲中の宅地の並木

未来っぽいロゴのお菓子が売られてて未来っぽいなと思う　思った

庫内灯点いて消えつつ時間とはつねに真冬の、いいえ、真夏の

天秤に分銅のせて天秤が傾くときのようにピアノは

その中にいると速くてよく揺れるそれは電車といって重たい

My name is the meaning of modern. 水差しのなか水揺れている

すべての実験はあらかじめ成功している　今はしまってある車止め

道端にトラックがいてトラックに占められているその空間の

より即物的なものが流行しているんでしょう　メモの代わりに写真を撮った

重力のことって普段、意識する？　まだ空きのあるボストンバッグ

旅の終わりの感じ　ドビュッシーの和音の感じ　完璧な積木の配置

本日の放送は終了しました。私はまだ、考え事をしています

あとがき

起動したばかりの画面。デフォルトの状態。テストパターン。本当は何も書きたくないのに、〈私〉がやってきて、指がクリックする。スイッチがONになる。0が1になる。オブジェクトが生まれる。大袈裟だと思う。短歌を詠むだなんて。

*

歌集を出すとは思っていなかった。思っていなかったし、継続的に作歌を続けていたわけでもなかった。にもかかわらず、こうして歌集を出すことができたのは、私の歌を読んだ人がそれをおもしろいと思ってくれたからだ。それはとても幸運なことだ。

この本には、歌を作り始めた２０１０年から現在までに私が発表してきた歌と、まだ発表していない歌が収められている。その中には、気に入っている歌もあるし、そうでないものもある。私が気に入っていない歌も、誰かが気に入ってくれるかもしれない。

短歌は、読まれなくても存在するが、読まれた時に発生する現象でもある。私の歌は、こうして歌集にまとめられることで、より多くの人の前で発生する機会を得た。それはとても、幸運なことだ。

２０２３年４月　　佐クマサトシ

佐クマサトシ
1991年宮城県仙台市生まれ。2010年、早稲田大学入学とともに早稲田短歌会に入会、作歌を始める。大学在学中に同人誌「はならび」に参加。2018年に平英之、N/W(永井亘)とともに Webサイト「TOM」(https://tomtanka.tumblr.com/)を開設、2020年まで短歌作品を発表する。

標準時

二〇二三年　六月三十日　第一刷　発行

著者　佐クマサトシ

協力　永井祐
　　　平英之

装幀　田中良治

発行者　小柳学

発行所　株式会社左右社
東京都渋谷区千駄ヶ谷三丁目五五－一二ヴィラパルテノンB1
電話：〇三－五七八六－六〇三〇／ファックス：〇三－五七八六－六〇三二
https://www.sayusha.com

印刷所　創栄図書印刷株式会社

 ISBN978-4-86528-374-7